こどもあそびうた

谷川俊太郎
山田　馨　編

童話屋

目次

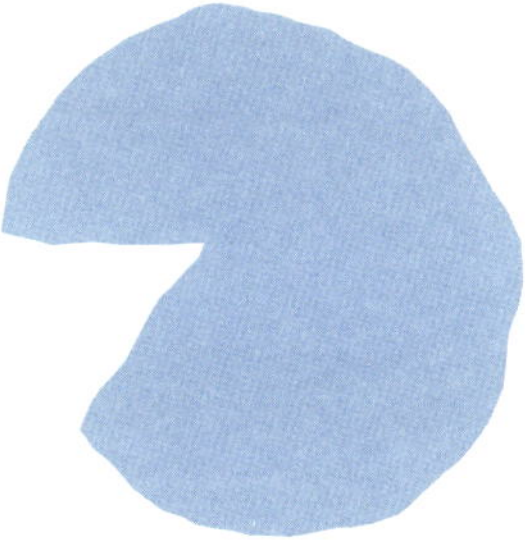

装幀・画　島田光雄

かっぱ

かっぱかっぱらった
かっぱらっぱかっぱらった
とってちってた

かっぱなっぱかった
かっぱなっぱいっぱかった
かってきってくった

いるか

いるかいるか
いないかいるか
いないいないいるか
いつならいるか
よるならいるか
またきてみるか

いるかいないか
いないかいるか
いるいるいるか
いっぱいいるか
ねているいるか
ゆめみているか

とっきっき

とっきっきの　ふくろから
とっぽっぽが　とびだした
とっぽっぽを　たたいたら
とっくっくが　こぼれでた
とっくっくの　かわむけば
とっぴっぴが　あらわれた

とっぴっぴを　わってみりゃ
とっせっせが　ねむってた
とっせっせの　ゆめのなか
とっけっけが　うごめいた

はじけろ　はじけろ　とっけっけ
かおだせ　てをだせ　わらいだせ

ごちそうさま

おとうさんをたべちゃった
はなのさきっちょ
こりこりかじって
めんたまを
つるってすって
ほっぺたも
むしゃむしゃたべて

あしのほねは
ごりごりかんで
おとうさんおいしかったよ
おとうさんあした
わたしのうんちになるの
うれしい？

がいこつ

ぼくはしんだらがいこつになりたい
がいこつになってようこちゃんとあそびたい
ぶらんこにのるとかぜがすうすうとおりぬけて
きっといいきもちだとおもう
ようこちゃんはこわがるかもしれないけれど
ぼくはようこちゃんとてをつないでいたい

めもみみもからっぽだけど
ぼくにはなんでもみえるしなんでもきこえる
がいこつになってもむかしのことはわすれない
かなしかったこと　おかしかったこと
ぼくはほねをならしてかたかたわらう

みんなはぼくをじろじろみるだろう
みんなはぼくをいじめるだろう
ぼくはもうしんでいるのだから
もうがいこつなのだから

でもぼくはへいきだ
ぼくはようこちゃんにがいこつのきもちをおしえる
いきているときにはわからなかったきもちをおしえる
もうおなかもすかないし
もうしぬのもこわくないから
ぼくはいつまでもいつまでもようこちゃんとあそぶ

なくぞ

なくぞ
ぼくなくぞ
いまはわらってたって
いやなことがあったらすぐなくぞ
ぼくがなけば
かみなりなんかきこえなくなる
ぼくがなけば
にほんなんかなみだでしずむ

ぼくがなけば
かみさまだってなきだしちゃう
なくぞ
いますぐなくぞ
ないてうちゅうをぶっとばす

たいこ

どんどんどん
どんどこどん
どこどんどん
どどんこどん

どどどんどん
どこどんどん
どどんこどん
どこどこどん

どこどこどこどこ
たいこたたいて
どんどんどんどん
どこへいく

あいたたた

あなにおちたよ
あいたたた
アイロンさわって
あっちっち

あるいてあせかく
あついあさ

あきのあおぞら
あかとんぼ

あっちにあがった
アドバルーン

あのねあんこって
あまいんだよ

あららあめだよ
あそべない
あきたよあくびだ
あああああ

うしのうしろに

うるさい
うさぎは
うそをつく
うみに
うめぼし
ういている

うちの
うちわは
うつくしい
うぐいす
うれしい
うたうたう

うしの
うしろに
うまがいる

うまい
うなぎは
うりきれだ

ゆっくりゆきちゃん

ゆっくりゆきちゃん　ゆっくりおきて
ゆっくりがおを　ゆっくりあらい
ゆっくりぱんを　ゆっくりたべて
ゆっくりぐつを　ゆっくりはいた

ゆっくりみちを　ゆっくりあるき
ゆっくりけしきを　ゆっくりながめ
ゆっくりがっこうの　もんまできたら
もうがっこうは　おわってた

ゆっくりゆうやけ　ゆっくりくれる
ゆっくりゆきちゃん　ゆっくりあわて
ゆっくりうちへ　かえってみたら
むすめがさんにん　うまれてた

ハヒフペポ

あめがしとしとふっている
ハヒフとペポがあるいてく
ハヒフはおおきなかささして
ペポはちいさなかささして
ハヒフペポ　ハヒフペポ
もうすぐふゆがやってくる

のはらにしろいかぜがふき
ハヒフとペポはけんかした

ハヒフはそらをながめてる
ペポはらっぱをふいている
ハヒフペポ　ハヒフペポ
もうすぐゆきがふるだろう

だれかしらないひとがきて
むりやりペポをつれてった
ハヒフはペポのなをよんだ
ペポはハヒフのなをよんだ
ハヒフペポ　ハヒフペポ
もうじきうみもこおるだろう

あした

あしたのしたは　どんなした
ああしたこうした　にまいじた
ゆめをみるまに　だまされる

あしたのあしは　どんなあし
ぬきあしさしあし　しのびあし
かおもみぬまに　にげられる

わるくち

ぼく　なんだいと　いったら
あいつ　なにがなんだいと　いった
ぼく　このやろと　いったら
あいつ　ばかやろと　いった

ぼく　ぼけなすと　いったら
あいつ　おたんちんと　いった
ぼく　どでどでと　いったら
あいつ　ごびごびと　いった

ぼく　がちゃらめちゃらと　いったら
あいつ　ちょんびにゅるにゅると　いった
ぼく　ござまりでべれけぶんと　いったら
あいつ　それから？　といった

そのつぎ　なんといえばいいか
ぼく　わからなくなりました
しかたないから　へーんと　いったら
あいつ　ふーんと　いった

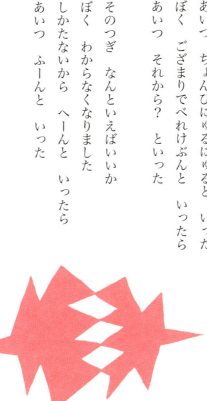

けんかならこい

けんかならこい　はだかでこい
はだかでくるのが　こわいなら
てんぷらなべを　かぶってこい
ちんぽこじゃまなら　にぎってこい

けんかならこい　ひとりでこい
ひとりでくるのが　こわいなら
よめさんさんにん　つれてこい
のどがかわけば　さけのんでこい

けんかならこい　はしってこい
はしってくるのが　こわいなら
おんぼろろけっと　のってこい
きょうがだめなら　おとといこい

わるくちうた

とうさんだなんて　いばるなよ
ふろにはいれば　はだかじゃないか
ちんちんぶらぶら　してるじゃないか
ひゃくねんたったら　なにしてる？

かあさんだなんて　いばるなよ
こわいゆめみて　ないたじゃないか
こっそりうらない　たのむじゃないか
ひゃくねんまえには　どこにいた？

ぼくのゆめ

おおきくなったらなにになりたい？
と　おとながきく
いいひとになりたい
と　ぼくがこたえる
おこったようなかおをしておとなはいう
もっとでっかいゆめがあるだろ？

えらくならなくていい
かねもちにならなくていい
いいひとになるのがぼくのゆめ
と　くちにださずにぼくはおもう

どうしてそうおもうのかわからない
だけどほんとにそうおもうんだ
ぼんやりあおぞらをみていると
そんぐ（ぼくがかってるうさぎ）の
あたまをなでていると

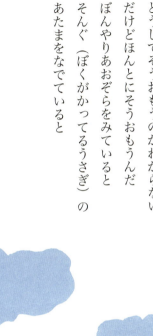

ありんこ

ありんこ　どこへいく
いそぐとくるまに　ひかれるぞ
じょおうさまは　おひるねだ
たまには　ほんをよめ

ありんこ　なにさがす
ちょうちょのむくろは　ひからびて
てぶらでまよう　かえりみち
たまには　うたうたえ

ありんこ　いつねむる
いちばんぼしは　きのこずえ
じめんのしたの　くらやみで
たまには　ゆめをみろ

きりなしうた

しゅくだいはやくやりなさい
おなかがすいてできないよ
ほっとけーきをやけばいい
こながないからやけません
こなはこなやでうってます
こなやはぐうぐうひるねだよ
みずぶっかけておこしたら
ばけつにあながあいている

ふうせんがむでふさぐのよ
むしばがあるからかめません
はやくはいしゃにいきなさい
はいしゃははわいへいってます
でんぽううってよびもどせ
おかねがないからうてないよ
ぎんこうへいってかりといで
はんこがないからかりられぬ
じぶんでほってつくったら
まだしゅくだいがすんでない

おおきくなる

おおきくなってゆくのは
いいことですか
おおきくなってゆくのは
うれしいことですか

いつかはなはちり
きはかれる
そらだけがいつまでも
ひろがっている

おおきくなるのは
こころがちぢんでゆくことですか
おおきくなるのは
みちがせまくなることですか

いつかまたはなはさき
たまごはかえる
あさだけがいつまでも
まちどおしい

まる

こんぱすで　かみに　まるをかく
どこかとおくへ　ひとりぼっちで
いってしまいたいとき
まるにじぶんを　とじこめる

ぼうきれで　じめんに　まるをかく
だれかをおもいきり　ぶちたくて
どうしてもぶてないとき
まるときもちを　あそばせる

からだごと　そらに　まるをかく
どうしてどうしてと　たずねても
なにもこたえが　みつからないとき
まるをあしたへ　ころがしていく

平気《へいき》

わたし　ひとりぼっち
じゃないよね
見《み》てくれてるよね　お日《ひ》さま
お母《かあ》さんといっしょに
聞《き》いてくれてるよね　お星《ほし》さま
わたしのお話《はなし》

わたし　友《とも》だち
いるよ

ふわふわおふとんとか
迷子《まいご》の蝶々《ちょうちょう》とか
お母《かあ》さんのお母《かあ》さんとか

わたし　これから
よろしくね
すってんってころぶかも
おんおん泣《な》くかも
でも平気《へいき》
友《とも》だちいるもん
ひとりじゃないもん

おならうた

いもくって　ぶ
くりくって　ぼ
すかして　へ
ごめんよ　ば

おふろで　ぽ
こっそり　す
あわてて　ぷ
ふたりで　ぴょ

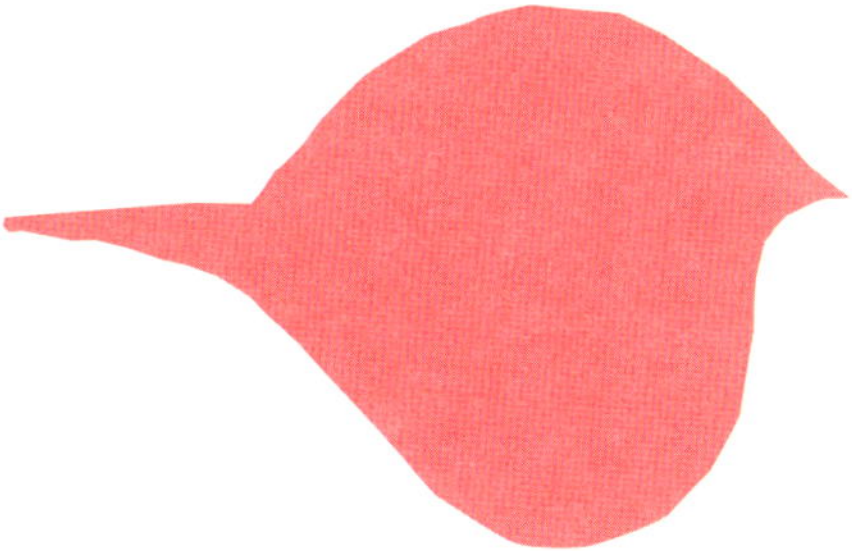

うんこ

ごきぶりの　うんこは　ちいさい
ぞうの　うんこは　おおきい
うんこというものは
いろいろな　かたちをしている

いしのような　うんこ
わらのような　うんこ

うんこというものは
いろいろな　いろをしている

うんこというものは
くさや　きを　そだてる

うんこというものを
たべるむしも　いる

どんなうつくしいひとの
うんこも　くさい

どんなえらいひとも
うんこを　する

うんこよ　きょうも
げんきに　でてこい

うんとこしょ

うんとこしょ　どっこいしょ
ぞうが　ありんこ
もちあげる

うんとこしょ　どっこいしょ
みずが　あめんぼ
もちあげる

うんとこしょ　どっこいしょ
くうきが　ふうせん
もちあげる
うんとこしょ　どっこいしょ
うたが　こころを
もちあげる

しあわせ

わたしはたっています
おひさまがおでこに
くちづけしてくれます
かぜがくびすじを
くすぐってくれます

だれかじっと
みつめてくれます
わたしはたっています
きのうがももを
つねってくれます
あしたがわたしを
さらっていこうとします
わたしはしあわせです

ぼく

ぼくはこどもじゃない
ぼくはぼくだ
ぼくはおとなじゃない
ぼくはぼくだ
ぼくはきみじゃない
ぼくはぼくだ

だれがきめたのかしらないが
ぼくはうまれたときからぼくだ
だからこれからも
ぼくはぼくをやっていく
ぼくはぜったいにぼくだから
なんにでもなれる
エイリアンにだってなれる

いしっころ

いしっころ　いしっころ
じめんのうえの　いしっころ
いつからそこに　いるんだい

いしっころ　いしっころ
ひとにふまれた　いしっころ
ちょっとおこって　いるみたい

いしっころ　いしっころ
あめにうたれて　いしっころ
いつもとちがう　あおいいろ

いしっころ　いしっころ
おなかのしたは　あったかい
むしのあかちゃん　うまれてる

いしっころ　いしっころ
そらをみあげる　いしっころ
なまえをつけて　あげようか

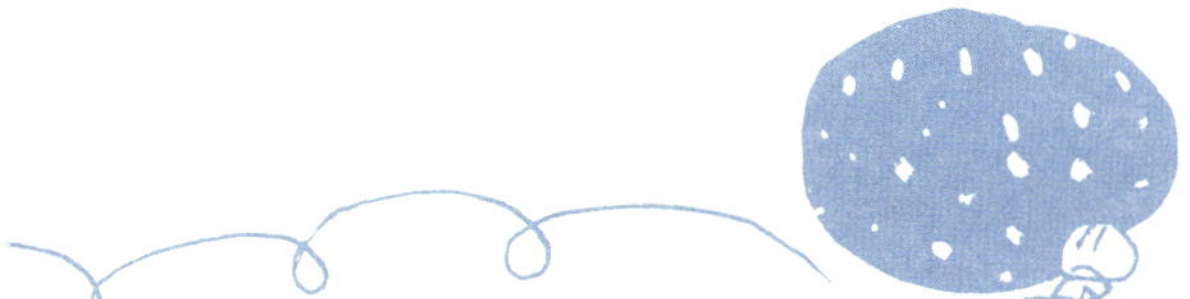

あきかんうた

かんからかんの
すっからかん
こーらのあきかん　けっとばせ
おひさま　かんかん
とんちんかん

かんからかんの
すっからかん
かんかんならせ　どらむかん
じかん　くうかん
ちんぷんかん

そっとうた

そうっと　そっと
うさぎの　せなかに
ゆきふるように

そうっと　そっと
たんぽぽ　わたげが
そらとぶように

そうっと　そっと
こだまが　たにまに
きえさるように

そうっと　そっと
ひみつを　みみに
ささやくように

ばらはあかい
　すみれはあおい
おさとうはあまい
　そうして　きみも

（マザー・グース）

おとこのこって　なんでできてる?
おとこのこって　なんでできてる?
かえるに　かたつむりに
こいぬのしっぽ
そんなもんでできてるよ

おんなのこって　なんでできてる?
おんなのこって　なんでできてる?
おさとうと　スパイスと
すてきななにもかも
そんなもんでできてるよ

（マザー・グース）

わんわんほえるの　いぬですね
にゃあごとなくのは　ねこである
ぶうぶういうのは　ぶたでしょう
ちゅうとなくのが　ねずみなら
ごろすけほうは　ふくろうだ
かあかあいうのは　からすだな
くわっくわっとなくのは　あひるです
そんならかっこう　なんてなく
こいつはみなさん　ごぞんじだ

（マザー・グース）

ののはな

はなののののはな
はなのななあに
なずなな のはな
なもないのばな

たね

ねたね
うたたね
ゆめみたね
ひだね
きえたね
しゃくのたね

またね
あしたね
つきよだね
なたね
まいたね
めがでたね

かえる

かえるかえるは
みちまちがえる
むかえるかえるは
ひっくりかえる

きのぼりがえるは
きをとりかえる
とのさまがえるは
かえるもかえる

かあさんがえるは
こがえるかかえる
とうさんがえる
いつかえる

いち

いちってね
つまりぼくがね　いちなのさ
ぼくは　せかいで　ひとりきり

いちってね
つまりママがね　いちなのさ
ママは　せかいで　ひとりきり

いちってね
つまりきみもね　いちなのさ
ぼくと　きみとで　2になるよ

いちってね
だけどちきゅうは　ひとつなの
ぼくと　きみとは　てをつなぐ

いちってね
だからはじめの　かずなのさ
ちいさいようで　おおきいな

それからどうした

ドレミファそっちさ
ソファミレどっちさ
しらないくにのまちかどで
こいぬがいっぴきまよってた
ドレミファそうして
ソファミレどうした

ドレミファそこへ
ソファミレどろぼう
ピアノにのってにげてきた
あわててこいぬとびのった
ドレミファそれから
ソファミレどうした

ドレミファそらゆけ
ソファミレどんどん
ピアノはワルツうたってた
どろぼうひげをひねってた

ドレミファそんなら
ソファミレどこゆく

ドレミファそっちへ
ソファミレどっちへ
ひだりとみぎのまんなかへ
こいぬ座《ざ》めざしてまっしぐら
ドレミファそらには
ソファミレドラムがなりわたる

ぎらぎらと
ひょろひょろと
ちかちか

そらにはおひさま　ぎらぎら
しろいこうまはパッカパカ
あかいふうせん　ふんわふわ
とうさんかあさん　エッチラオッチラ
ちいさいめだまは　キョロキョロ
おおきなめだまは　ぎょろぎょろ

テレビのアンテナ　ひょろひょろ
ふるいパトカー　がったがた
へんなミケネコ　にこにこ
たろうとじろうが　すってんころりん
ちいさなぶらんこ　ふらふら
おおきなぶらんこ　ぶらぶら

そらにはほしが　ちかちか
いちごのジャムパン　べったべた
はしらどけいは　ボーンボン
どこかでおばけが　ヒュードロン

ちいさなイビキは　クイクイ
おおきなイビキは　ごうごう

まね

まねっこマネちゃんまねしてる
うでをひろげてとりのまね
やまのむこうはまたやまで
そのまたむこうはうみなんだ
うみのむこうのさばくでも
あおいめマネちゃんまねしてる
まねっこマネちゃんまねしてる
かたなをさしておとのさま

きのうのきのうはおとといで
おとといのきのうはさきおととい
むかしむかしのしろのなか
ちょんまげマネちゃんまねしてた

まねっこマネちゃんまねしてる
4・3・2・1ロケットだ
あしたのあしたはあさってで
そのまたあしたはしあさって
せんねんさきのほしのうえ
しらないマネちゃんまねしてる

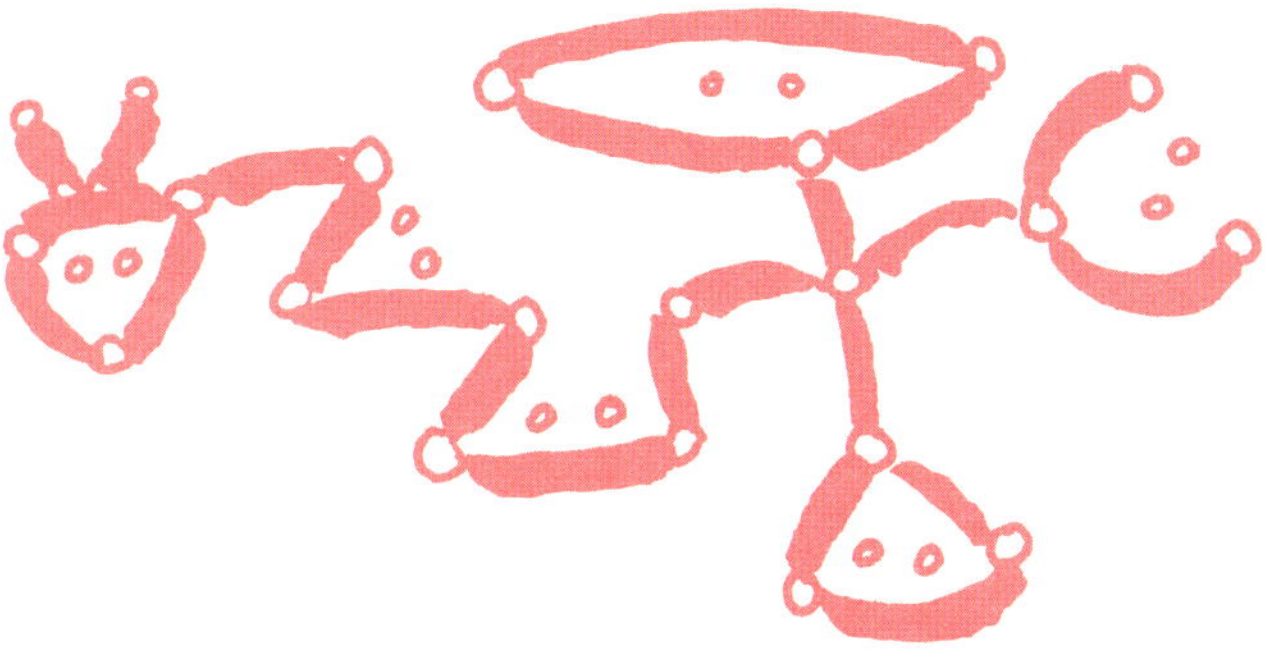

月《げっ》火《か》水《すい》木《もく》金《きん》土《ど》日《にち》のうた

げつようび　わらってる
げらげらげらげらわらってる
おつきさまは　きがへんだ

かようび　おこってる
かっかっかっかっかっかっかっおこってる
ひばちのすみは　おこりんぼ

すいようび　およいでる
すいすいすいすいおよいでる
みずすましは　みずのうえ

もくようび　もえている
もくもくもくもくもえている
かじだかじだ　やまかじだ

きんようび　ひかってる
きらきらきらきらひかってる
おおばんこばん　つちのなか

どようび　ほっていく
どんどんどんどんほっていく
どこまでほっても　みつからない

にちようび　あそんじゃう
にこにこにこにこあそんじゃう
おひさまといっしょ　パパといっしょ

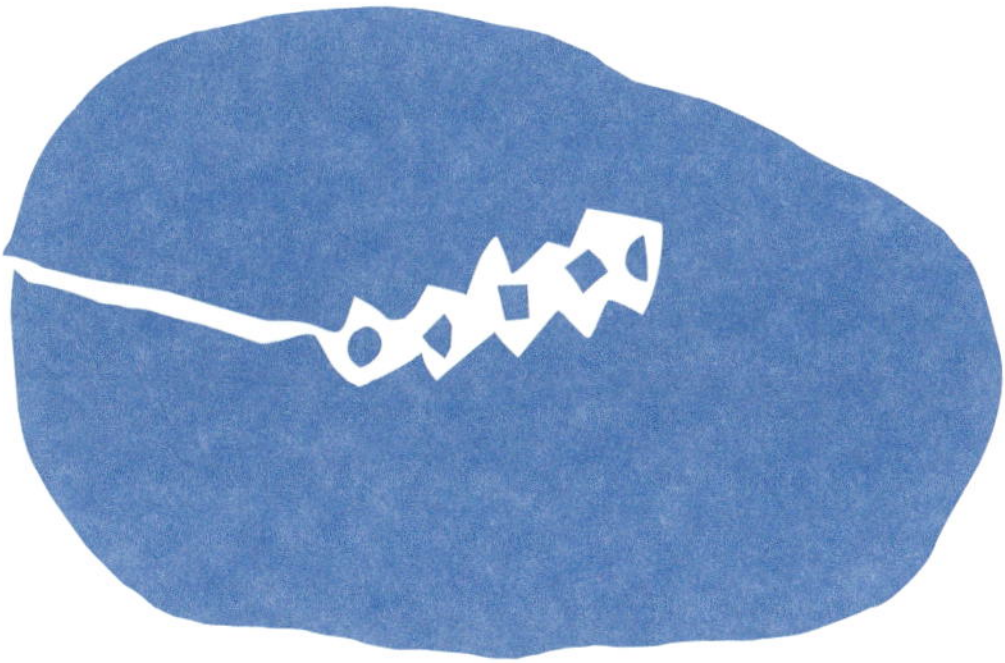

いっしょうけんめい　一ねんせい

いっしょうけんめい　一ねんせい
どろんこかぜのこ　二ねんせい
しつもんいっぱい　三ねんせい
おかのふもとの　がっこうは
きょうをあすへと　はこんでく

けんかでなかよし　四ねんせい
ゆめがふくらむ　五ねんせい
おとなにまけるな　六ねんせい
つつじのかおる　がっこうは
うちゅうめざして　すすんでく

かわ

どこからきたの　かわ
はっぱのうえから　きたの
いわのあいだから　きたの
そらから　きたの

だれとあそぶの　かわ
やまめやせきれいと　あそぶの
こいしをころがして　あそぶの
ささぶねと　あそぶの

なにがすきなの　かわ
みずのみにくるしかが　すきなの
しぶきをあげるこどもが　すきなの
にもつをはこぶふねが　すきなの

どこへいくの　かわ
たにをすぎてむらへ　いくの
はしをくぐってまちへ　いくの
おおきくなってうみまで　いくの

すき

すき
ゆうがたのはやしがすき
まよってるありんこがすき
りんごまるごとかじるのがすき
ひざこぞうすりむくのも
いたいけどすき

すきなもの
すきなこと
ずっとすきでいたい
きらいなものもあるけど
いつかそれも
すきになるかもしれない

すき
おかあさんすき
いつもけんかしてるけど
すき

おつきさますき
おひさますき
ほしみんなすき
かぞえきれないけれど

いる

ぼくはしてる
なにかをしてる
でもそれよりまえにぼくはいる
ここにいる

ねむっていてもぼくはいる
ぼんやりしててもぼくはいる
なにもしてなくたってぼくはいる　どこかに

きはたってるだけでなにもしてない
さかなはおよいでるだけでなにもしてない
こどもはあそんでるだけでなにもしてない
でもみんないきて「いる」

だれかがどこかにいるのっていいね
たとえとおくにはなれていても
いるんだ　いてくれてるんだ
とおもうだけでたのしくなる

しんでくれた

うし
しんでくれた　ぼくのために
そいではんばーぐになった
ありがとう　うし

ほんとはね
ぶたもしんでくれてる
にわとりも　それから
いわしやさんまやさけやあさりや
いっぱいしんでくれてる

ぼくはしんでやれない
だれもぼくをたべないから
それに　もししんだら
おかあさんがなく
おとうさんがなく
おばあちゃんも　いもうとも

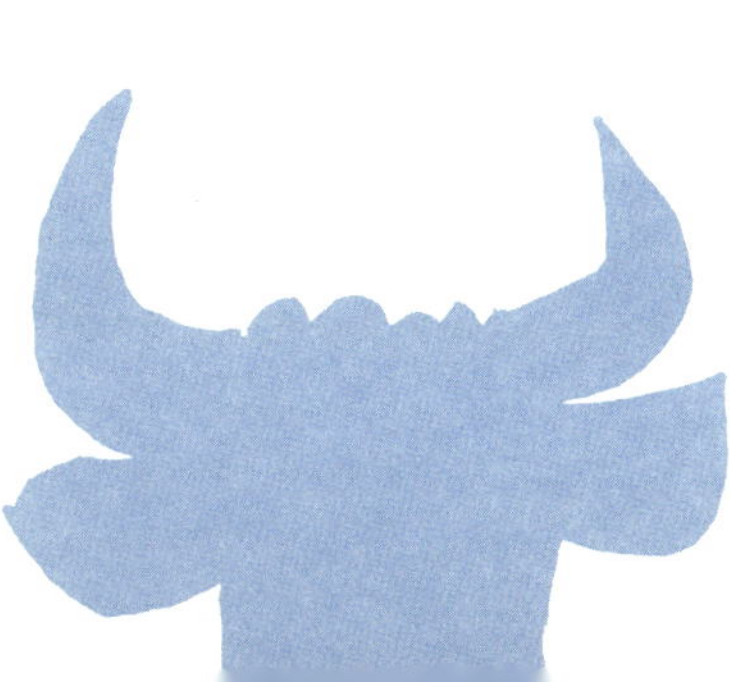

だからぼくはいきる
うしのぶん　ぶたのぶん
しんでくれたいきもののぶん
ぜんぶ

おひさま

おひさまいるよ
あめがふっても
くものうえに

おひさまいるよ
よるになっても
どこかのそらに

おひさまいたよ
ぼくのうまれる
ずっとまえから

おひさまいるよ
ロボットだけの
くにができても

こんぐらかった

あさめがさめたらよるだった
おひさまがまぶしいからでんきをつけた
おかあさんがあかちゃんになっていたから
ぼくがミルクをのませた

ごはんたべようとしたら
めだまやきからひよこがうまれた
テレビつけたらぼくがうつっていた
まどのそとをスフィンクスがさんぽしている

こまったなあ
せかいがこんぐらかってきた
しっかりしないとぼくもまきこまれる
さかだちしてみたけどききめはない

ぼくははらをきめて
あいうえおかきくけこをとなえはじめた
わゐうゑを　んまでいったら
おかあさんががっこうにちこくするよとさけんだ

きゅうしょく

パンを　はこんで　くれた　ひと
パンを　オブンで　やいた　ひと
こなを　ぺたぺた　こねた　ひと
こむぎを　こなに　ひいた　ひと

こむぎの　たねを　まいた　ひと
こむぎを　そだてた　つちと　みず
みわたすかぎりの　はたけの　うえの
おひさま　あおぞら　うたう　こえ

くだもの

つるんと　たべるの　ぶどうです
しゃきっと　かじるの　なしならば
みかんは　ちゅるると　すいまして
いちごは　ぽいっと　くちの　なか

りんごは　さくっと　つめたくて
ばななは　もくんと　やわらかい
ももは　つるりと　むけますが
すいかの　かわは　むけません

ともだちあはは

ひとりでくすん
ふたりでごろん
さんにんよにん
ともだちあはは

くるくるぬって
ぺたぺたつける
いろいろきれい
できたよほらね

きらきらこのは
そよそよゆれる
たからはどこだ
あしたがくるよ

いない？

いないってさ
かみさまなんか
いないってさ
そんならだれが
そんならだれが
ひとでのかたちつくったの？

いないってさ
かみさまなんか
いないってさ
そんならだれが
そんならだれが
ちょうちょのはねをぬりわけた?

いないってさ
かみさまなんか
いないってさ
そんならだれが

そんならだれが
わたしのこいぬ死《し》なせたの？

いないってさ
かみさまなんか
いないってさ
そんならだれが
そんならだれが
はじめに海《うみ》をみたしたの？

また

またか
まただ
またまたか
またまたさ
なれっこだな
なれっこさ

よくないな
よくないよ
どうする
どうしよう
怒《おこ》るか
怒《おこ》ろう

プン
プン

ぱん

ふんわり　ふくらんでいます
そとはちゃいろ　なかはしろ
いいにおいです
わたしは　ぱんです

むかし　わたしは　こむぎでした
おひさまが　かがやいていました
あおぞらが　ひろがっていました
そよかぜが　ふいていました

ばたーを　ぬってください
はちみつを　つけてください
わたしを　のこさず　たべてください
わたしは　ぱんです

どきん

さわってみようかなあ　つるつる
おしてみようかなあ　ゆらゆら
もすこしおそうかなあ　ぐらぐら
もいちどおそうかあ　がらがら
たおれちゃったよなあ　えへへ

いんりょくかんじるねえ　みしみし
ちきゅうはまわってるう　ぐいぐい
かぜもふいてるよお　そよそよ
あるきはじめるかあ　ひたひた
だれかがふりむいた！　どきん

あお

よるのやみにほろぶあおは
あさのひかりによみがえるあお
あおのかなたにすけているいろはなにか

うみのふかみににごっていくあおは
そらのたかみにすみわたるあお
あおのふるさとはどこか

こくうをめざせばそらのあおはきえる
てのひらにすくえばうみのあおはすきとおる
あおをもとめるのはめではない

かなしみのいろ　あこがれのいろ
あおはわたしたちのたましいのいろ
わたしたちのすむこのほしのいろ

えかきうた

ひった
へに
びっくり

この本《ほん》の詩《し》について

編者《へんじゃ》　山田馨《やまだかおる》

谷川俊太郎《たにかわしゅんたろう》さんは、一九五二年《ねん》にはじめての詩集《ししゅう》『二十億光年《おくこうねん》の孤独《こどく》』を出版《しゅっぱん》しました。まだ二十歳《さい》のときでした。それまでにひとびとがみたどの詩《し》ともちがう、きれいでうつくしいことばの魅力《みりょく》がつまっていて、みんな、谷川《たにかわ》さんの詩《し》がすきになりました。

その谷川《たにかわ》さんは一九七三年《ねん》から、ひらがなだけの詩《し》をかくようになりました。それまでの詩人《しじん》は、おとなのひとだけにむけて詩《し》をかいてきたのに、ひらがながよめればこどもでも詩《し》がたのしめると谷川《たにかわ》さんはかんがえたのです。

つまり小学二年生《しょうがくにねんせい》のこどもなら、谷川《たにかわ》さんの詩《し》の読者《どくしゃ》になれるし、漢字《かんじ》がよめなくてもへいっちゃらなのです。

この本《ほん》ではたのしい詩《し》やおもしろい詩《し》ばかりをえらんでいます。おおきなこえでよんだり、おどったり、わらったり、そらでうたってあそんでいるうちに、すきな詩《し》がみつかるでしょう。じぶんでかきたいひとはかいてごらんなさい。

そしていつか、谷川《たにかわ》さんがおとなむけにかいた現代詩《げんだいし》もたのしむようになったらいいなあ、とぼくはかんがえています。

山田馨（やまだ かおる）
一九四一年東京生まれ。東大卒。岩波書店で教育書、児童書を編集。谷川俊太郎と親交。共著に『ぼくはこうやって詩を書いてきた』（ナナロク社）がある。

ばらはあかい（マザー・グース）「マザー・グースのうた 第一集」
草思社 1975 年
おとこのこって　なんでできてる？《　〃　》
わんわんほえるの　いぬですね《　〃　》
ののはな「ことばあそびうた」福音館書店 1973 年
たね「ことばあそびうた また」福音館書店 1981 年
かえる「ことばあそびうた また」福音館書店 1981 年
いち「誰もしらない」国土社 1976 年
それからどうした「日本語のおけいこ」理論社 1965 年
ぎらぎらと／ひょろひょろと／ちかちか「日本語のおけいこ」
理論社 1965 年
まね「誰もしらない」国土社 1976 年
月火水木金土日のうた「誰もしらない」国土社 1976 年
いっしょうけんめい　一ねんせい「すき」理論社 2006 年
かわ「すき」理論社 2006 年
すき「すき」理論社 2006 年
いる「すき」理論社 2006 年
しんでくれた「ぼくは　ぼく」童話屋 2013 年
おひさま　未刊
こんぐらかった　未刊
きゅうしょく「ふじさんとおひさま」童話屋 1994 年
くだもの「ふじさんとおひさま」童話屋 1994 年
ともだちあはは「ひとりひとりすっくと立って
―谷川俊太郎校歌詞集」澪標 2008 年
いない？「日本語のおけいこ」理論社 1965 年
また「落首九十九」朝日新聞社 1964 年
ぱん「いちねんせい」小学館 1988 年
どきん「どきん」理論社 1983 年
あお「シャガールと木の葉」集英社 2005 年
えかきうた「わらべうた 続」集英社 1982 年

出典一覧

かっぱ「ことばあそびうた」福音館書店 1973 年
いるか「ことばあそびうた」福音館書店 1973 年
とっきっき「わらべうた」集英社 1981 年
ごちそうさま「子どもの肖像」紀伊國屋書店 1993 年
がいこつ「みんなやわらかい」大日本図書 1999 年
なくぞ「子どもの肖像」紀伊國屋書店 1993 年
たいこ「いちねんせい」小学館 1988 年
あいたたた「どきん」理論社 1983 年
うしのうしろに「どきん」理論社 1983 年
ゆっくりゆきちゃん「わらべうた 続」集英社 1982 年
ハヒフペポ「誰もしらない」国土社 1976 年
あした「わらべうた 続」集英社 1982 年
わるくち「いちねんせい」小学館 1988 年
けんかならこい「わらべうた」集英社 1981 年
わるくちうた「わらべうた」集英社 1981 年
ぼくのゆめ「ぼくは　ぼく」童話屋 2013 年
ありんこ「わらべうた」集英社 1981 年
きりなしうた「わらべうた」集英社 1981 年
おおきくなる「子どもの肖像」紀伊國屋書店 1993 年
まる「みんなやわらかい」大日本図書 1999 年
平気「子どもたちの遺言」佼成出版社 2009 年
おならうた「わらべうた」集英社 1981 年
うんこ「どきん」理論社 1983 年
うんとこしょ「わらべうた」集英社 1981 年
しあわせ「子どもの肖像」紀伊國屋書店 1993 年
ぼく「子どもの肖像」紀伊國屋書店 1993 年
いしっころ「どきん」理論社 1983 年
あきかんうた「わらべうた」集英社 1981 年
そっとうた「わらべうた 続」集英社 1982 年

こどもあそびうた

二〇一八年六月三日初版発行
詩　谷川俊太郎
発行者　岡充孝
発行所　株式会社　童話屋
〒166-0016　東京都杉並区成田西二―五―八
電話〇三―五三〇五―三三九一
製版・印刷・製本　株式会社　精興社
NDC九一一・一六〇頁・一五センチ

ISBN978-4-88747-135-1

地球の未来を考えてT.G（Think Green）用紙を使用しています。